Gold kiwi ♡♡

죽어도 좋아♡♡
구매해 주셔서 감사합니다! ♡♡

죽어도 좋아 3권

글/그림 골드키위새

생각정거장

Contents

죽어도 좋아3

1화

크윽-.
뭐지?

나도 이렇게까진
될 줄 몰랐어.

분명
이 주임이 망하면
후련할 거라고
생각했는데

찝찝하고...
기분이
안 좋아...

사람이
휘말린
탓이야.

사람이
휘말려서
그래.

그렇게 시간이 돌아가더니 이젠 또 하루...

타임리프를 남용해서 일어난 부작용인지... 뭔지...

사고는 일정이 뒤틀려서 생겨난 것일 테니까

어떻게든 그때랑 똑같은 하루를 만들어 내야 해요.

빠앙!!!

어째서!!!

똑같아요.
예전에 내가
과장님 살리겠다고
개고생했을 때.

아무리
발버둥쳐도
과장님의 죽음을
막을 수
없었어요.

…
날 살릴 때도
이랬냐.

그래요,
저번에 말했잖아요.
과장님이 타임리프
기억이 없을
때부터…

꼭 강 대리를
거기로
데려가야 해?

지하철로
안 가면
사고날 일도
없잖아.

읍!

당신들은
누구죠!

우리는...
켁!

헬륨가스 풍선

변조된 목소리

우리는 한미협.

한미협? 한국 미술 협회요?

아니, 한국 미스터리 협회.

이러라고 배포한 미생체가 아닐 텐데.

윤태호 선생님 죄송합니다.

고친 후에 사고가 더 나서 꺼 버렸다는 중앙대 병원 앞 고장난 신호등.

모든 택배를 삼켜 버리는 옥천 허브 버뮤다 삼각지대.

분명 시작할 때 그려둔 건 5화였는데 10화 그릴 때쯤에 눈 녹듯이 사라지는 만화가의 세이브.

현대 과학기술로 밝혀지지 않는 미스터리를 탐구하고 밝혀내는 것이 우리의 사명!

당신은 타임리프의 존재를 믿지 않았지. 그래서 여기에 있는 거야.

뭣...!!
난 데 없이 뭡니까!

안 돼!
타임리프의 존재를
당신이 믿기 전까지
풀어줄 순 없어!!

풀어줘요!

사람을 잡아 놓고
타임리프를 믿으라니
무슨 말도
안 되는...!!

열차 사고를
피할 수 있을 때까지만
묶어 두자.

한미협
실망시켜서
미안하지만 현대 과학으로
타임리프는 불가능해요.
왜냐하면 타임리프는
과거로 가는 시간여행이
기반이 되는 현상인데
과거로의 시간여행은 원인이
결과에 앞서야 한다는
인과율의 기본법칙에
위배되는 것이에요.
물리적으로
한계가...

죽어도 좋아3
2화

스읍—

이봐,
물이라도
마셔.

풀어 주세요.

이런 게
아니어도
요즘 제 상황은
최악이란
말입니다.

더 최악이
되기 전에
막으려는 거니까
좀 참아라.

그래?
무슨 일이
있었는데.

좋아하던 여자가
다른 남자와
사귀고 있었어요.
상대는 그녀와 같은
부서 상사…

애인이 있는데
제가 혼자 멋대로
잘되고 있다고
오해한 거죠.

이...이 녀석
나와 이 주임 관계를
오해하고 있잖아!

이건
기회다!!

백조의 호수!

아따따뚜겐!

는 훼이크고 용권선풍각!

가기 전에
느낌이 쎄해서
와 보길
잘했네요...

암튼
허튼 소리
했담 봐요.

저놈이 그럴 만한 가치가 있는 놈이야?

강 대리님은 저한테 소중한 사람이에요!

사귀기 전으로 돌아갔지만 다시 원래대로 사귈 거라구요!

차고 넘치는 사람이거든요? 과장님보다 훨씬 열린 생각과 마음을 가진 사람이에요.

날 잘 알고 배려할 줄 아는 남자!

넌 결혼 전에 하는 말을 다 믿냐?! 남잔 다 똑같아!

너랑 잘돼 보려고 맘에도 없는 소리 하는 거라고!

열기 전까진
죽었는지 살았는지
모르는 상자 속
고양이처럼.

그래요...
그럴 수도
있겠죠.

진심을 숨기거나...
나중에 변할 수도
있어요.

백번 양보해서
강 대리님이
착할지 못될지
모르는 상자 속
남자라고 쳐요.

근데 과장님은
그냥 상자 밖
나쁜 놈이거든요?!

상자 밖...

나쁜 놈!!

솔직히
내가 왜 이런
고통을 받고
있는지...

과장님도
내가 겪은 것과
똑같은 걸 겪었으면
좋겠어요!!

근데... 오빠...
아니 강 대리님이
그랬어요.

이 타임리프는
과장님이 착해져야
풀린다고...

착해진다고?
과장이?

뭐 열차에서 사람이라도
구해야 한다는 건가?

웃기지도 않아...
진짜.

다녀올 테니까
얌전히 계세요.

그전에
강 대리님한테
타임리프를 푸는
방법이나
알아 놔요.

이젠...
과장님을
더 싫어할 힘도
없으니까..

왜...
왜 나만...

야...

야...!

뭐예요?

그...
그...

그런 식으로
차갑게
돌아서지 마...

자...잠깐!
너... 너...

기프티콘
갚아!

뭐요?

기프티콘!!
내가 줬던 키프티콘
있잖아! 케이크!
도로 돌려 달라고!

네... 돌아오면
두 배, 세 배로
돌려 드릴게요.

하...

저런 인간이
착해질 리 없지...

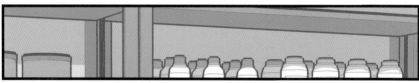

젠장...
이게 아닌데...

왜 난
안 되는
건데!

이 녀석은
되고!

정말 강 대리가
타임리프 푸는 방법을
알고 있는 걸까.

그렇게 되면...
타임리프가 끝나면
이 주임과의 관계도
다 끝인가...

궁금해...
푸는 방법을 먼저 알면
이 주임을 좀 더 잡아둘 수
있지 않을까?

이봐.
잠자쿄 내 말
들어.

너한테
한 가지 물어볼 게
있는데...

뭐야...
이상한 질문이나
하고...

저 사람들
정체가 뭐지...

게다가
저 중 한 명은
이상하게 날
챙겨 주는 것
같고...

그러고 보니
손이 앞으로
묶였잖아?

자기 역에
심취했던
강 대리

혼자서도
안대를 벗을 수
있...

백 과장님?

뭐, 뭐야!
또 뭐가 문젠데!!

그 두 사람
살리지
못했어요.

두 사람?

학생과
취객.

먼저 가서 CCTV
확인을 부탁했는데
발견을 못해요.
나중에 내려갔는데
도와주던 학생까지
휘말려서
죽게 됐구요.

그래서
리셋했어요.
옷 갈아 입어야
하니까 잠깐
저희 집에
다시 갈게요.

분명...
분명 죽는
사람은 없어야
하는데.

내가
아는 미래엔
강 대리님이

사람을
구했다는 기사가
뜬다구요.

처음엔 과장님의 능력으로 인명구조도 가능하다고 생각했어요.

하지만 굳이 하지 않은 이유는 정해진 운명을 바꾸면 안 될 것 같다는 생각 때문이었고요.

하지만 죽지 않아도 될 사람이었다면 얘기는 다르잖아요.

아주 잠깐 지나친 사람들이지만 그 사람들도 삶이 있을 텐데…

우리가 이렇게 만들었으니 살려야 돼요.

아, 그리고 과장님은 타임리프 얘기해 보셨어요?

…물론 안 했겠지만.

죽어도 좋아3
....
3화

지...진짜 강 대리가 타임리프 푸는 방법을 알아?

그래요, 타임리프는 안 믿었지만 우리들 얘기가 만약 소설 같은 거라면 규칙이 있으니까 푸는 방법을 알 것 같다고 했어요.

확신이 있어 보였다구요.

시간이 돌아간 탓인가? 왜 지금의 강 대리는 아무것도 모르지?

그러니까 우리는 사람들을 살린 다음에 강 대리님한테 타임리프 푸는 방법을 듣고 모든 걸 끝내면 돼요.

이 사실을 이 주임이 알면 날 가만히 안 둘 텐데.

미리 말할까... 내 말을 믿어 주기나 할까...

옷 갈아입고 올 테니 기다리세요.

끄응, 모르겠다.

일단 급한 불부터 끄고...

진짜 타임리프를 푸는 방법, 미로 오빠가 알고 있는 게 맞을까?

뭘까, 오빠가 말한 전제조건은… 타임리프를 풀려면 착해진 과장이 필요하다니… 감이 안 잡혀….

정말 과장님이 오빠를 구해야 하는 걸까?

이번엔 강 대리님 감금하지 말고 과장님도 지하철에 같이 가 봐요.

과장님은 혹시 선로에 내려가서 구조를 도와줄 생각 있으세요?

미쳤어?!?! 위험하잖아!!!

이럴 줄 알았지. 난 또 뭘 기대한 거야.

한 명이 도와주면 열차가 오기 전에 더 빨리 사람을 들어 올릴 수 있을 텐데…

됐어요. 그럼 구경하고 있다가 시간이나 돌려요.

역시 무리야...

허접한 망상 밖에 떠오르지 않는군..

모든 시련은 끝났단다.

드디어 과장이 남을 위하는 착한 마음씨를 얻었어!

으아아, 여긴 내게 맡겨!!

모든 타임리프를 풀고 원래대로 돌려주마.

백 과장님은 아직 만나지 못한 게 아닐까.

이기심과 이타심이 가장 가까워지는 순간을.

오빠 틀렸어.

만약 오빠의 타임리프 푸는 법이 정답이라고 해도

과장은 영원히 착해질 일 없으니 글러 먹은 거야.

과장의
도움을
구하느니

내가 직접
움직이지!!

그에 비해 오빠는―

또 이런 식이야.

왜 항상 이런
선택을 하지?!
위험하잖아?

남의 일이잖아.
그냥 보고
지나칠 수도

다른 사람이 구해 주길
기다릴 수도 있는데
왜 오빠가 해?

진짜 진짜
바보 아냐?

사람 좋은 사람은
정작 사랑하는 사람에겐
좋은 사람 못 된다더니...
딱 그거잖아!

저번에 들었던 게 이런 거야?

다만 수많은
시행착오를 겪으면서
스스로 도덕적인 틀을
만들어 냈는데,

이걸 조금만
넘으면 융통성 있게
살 수 있는데 그걸
못 하더라구요.

이런 강박이

루다 씨를
힘들게
만들 수 있다고
생각해요.

이런 극단적인 거냐구...

오빠랑
결혼하게 되면
정말 이런
가슴 아픈 일,

이런 심장
떨어지는 일들이
계속될까?

셋!!!

됐다!!

빠아아아아아앙!!!!!!!!!

루다야!! 서둘러!!

빨리 반대편으로!!!

소용없어...

거 봐. 또 늦었잖아.

바보, 진짜 목숨이 장난인줄 아나!!

오빠 때문에 미칠 것 같아!!

전철에 뛰어들 만큼 그 멍청한 놈이 좋냐!!!

무슨 소리예요. 누가 전철에 몸을 던져요. 꿈 꿨어요?

헛소리 하지 말고요. 이번엔 강 대리님 감금하지 말고 과장님도 지하철에 같이 가 봐요.

뭐야...

왜 기억을 못하는 건데?

그렇다니까요.

그때 회식 자리에서부터 타임리프가 일어났어요.

과장님은
그때 전혀
기억 안 나시죠?
어렴풋이 죽는 것만
기억하고.

그때 이런 식의
기억 공유가
전혀 안 됐었어요.

과장님
설득하고
후냉냉 되는 거
막느라

얼마나 혼자
무섭고
답답했던지...

과장님도
내가 겪은 것과

똑같은 걸
겪었으면
좋겠어요!!

내 기억이
갑자기 생겼듯이...

이 주임의 기억이
갑자기 사라졌다.

죽어도 좋아3
....
4화

나 혼자

이 타임리프에 떨어지게 되는 거야?

너 어제 하루 통째로 기억 못했단 말이야!

아, 뭐라는지 모르겠네.

아무튼 이번엔 학생이랑 취객이 같이 휘말려서 다른 방법으로 구해야 해요.

옷 갈아 입고 올 테니...

안 돼!!! 못 가!!!

너 이대로 가면 지하철에 치여!!

이 주임이 믿는다면...

내 말을
믿는다면...!!

제가...
요...?

끄아악!!
풀어 줘!!!

그나저나 얜
쇠사슬로 어떻게
이걸 묶은 거야!!!

어디서
방해하려고
수작질이에요.

수작질 아니야!!
넌 기억 못하지만
지금 가면 너만 사고에
휘말린다고!!

네네, 시도는 좋았어요.
그치만 과장님이 방해해도
전 강 대리님을 구하고
타임리프를 풀 겁니다.

아니라고!!
왜 그딴 놈을
위해!!!

참나,
이 변사또 같은...
이런다고 내가 과장님 것이
될 수 있다고 생각하면
경기도 오산이에요.

으아아~
미치겠네, 진짜!!

내 말을 안 믿을 것
같긴 했지만 그래도
이 정도일 줄은...

어디선가 봤던 상황

이게 인간이야,
요괴야.

못 가게 할 거야!!
뿌에에에에!!

루다 눈에
비친 과장

뭐,
뭐하려는
거야!

제가 오빠를
구하는 데 성공하면
아침이 밝을 테니
돌아와서
구해줄게요.

너, 날 저주할
시간도 없이
죽는다고!!!

만약
실패하면 과장님
저주할 테니까
여기서 얌전히
차가워지시고요.

읍! 읍!
으으읍!! 읍읍!!

좀 조용히 해요!

그리고
강 대리님
욕하지 마요.
과장님한테
그딴 놈이라는 얘기
들을 만한 사람
아니까.

믿어지진 않지만
한때 강 대리님도
과장님처럼
이기적이었던 적이
있었대요.

그래도 강 대리님은 살기 위해 바뀌었다고 했어요. 좋은 사람이 되기 위해 노력이란 걸 한 사람이라고요.

이런 말 들어본 적 있으세요?

세상엔 수많은 이기심의 파편들이 있는데 그 중 가장 고귀한 이기심이 이타심이래요.

남을 위해 자신의 무언가를 포기하는 게 결국은 남을 생각하는 '자신'을 위한 행동이라고.

난 처음에 이 말을 강 대리님에게 해 준 사람이 대단하다고 생각했는데

사실상 이 말 속에서 의미를 찾아낸 건 오빠라고 했어요.

과장님도 한번 잘 생각해 봐요. 이게 어떤 의미인지...

그렇게 굴다간 과장님 좋아할 사람 평생!! 아무도 없을 테니까!!

하...
진짜 후련하다...
나한테 대화의 신
래리 킹
빙의된 줄...

하긴 대화는 아닌가...
과장이 대꾸를 못하니.
아무튼 이대로 세상
떠도 괜찮을 만큼
할 말 다했다.

더 이상
지체하면
안 돼!

가자!
오빠를
구하러!

읍읍!

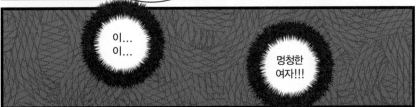

이...
이...

멍청한
여자!!!

난 최선을
다했어!!
이젠 나도
몰라!!!

그놈보다
내가 뭐가
못한 건데!

x

58   죽어도 좋아3

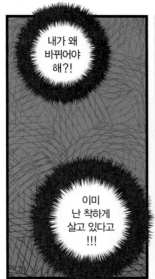

내가 왜 바뀌어야 해?!

이미 난 착하게 살고 있다고!!!

그래!! 핸드폰....!!

핸드폰만 있으면 언제든지...

시간을 돌려서... 이 주임한테 포박 당하기 전으로...

끄으으... 조금만...

조금만 더...

흑!!

휴, 언제나 품에 소지하고 다니는 벚꽃 핑크 리미티드 에디션 휴대용 마취침이 없었으면 큰일날 뻔했네.

털썩

왜... 그런 걸 들고 다니는 건데?

세상이... 흉흉해서...?

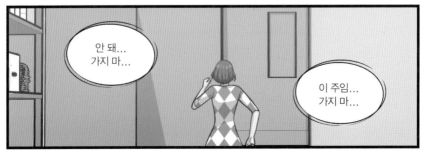

안 돼... 가지 마...

이 주임... 가지 마...

...장님!

...

...

과장님!

으으...
이 주임?

강 대리
구하는 데
성공한 건가?

이 주임이
아니라 저예요,
최 대리.

정신 드세요?

뭐야,
최 대리가
왜 여기...

제 책상에
여기 와 보라는
쪽지가 남겨져
있었어요...

여기가 어딘줄 알고 들어와!! 여긴 이 주임 수술실이잖아?!?!

여긴 저희 회사 여자 화장실 9와 4분의 3에 위치한– 직원 복지를 위한 안마실이에요.

뭐야!! 들은 바 없어!! 회사가 무슨 호그와트냐!!!

사실 아로마 제품들

사실 안마의자

무슨 소릴 하시는 거예요.

직원 복지를 위해 만들어졌으나 눈치가 보인다는 이유로 아무도 사용하지 않아 폐허가 된 공간이다.

강 대리 데려올 때만 해도 알 수 없는 뒷문이었는데...

사실 회사 뒷문

아, 아니 중요한 건 이게 아니라...

지금 몇 시야, 최 대리!!

그... 그야 제가 출근했으니까 아침이죠.

아침이면...

자정을 넘긴 거야?!

이... 이 주임은???

네? 글쎄요. 아직 출근 안 했는데, 전화해 볼까요?

빨리 해 봐!! 빨리!!!

이상하다... 왜 전화를 안 받지...

평소엔 바로 받는데...

탁!!

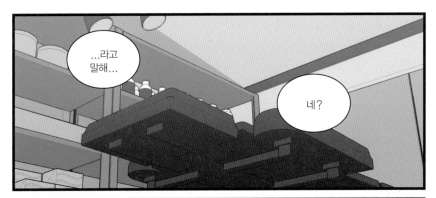

죽어도 좋아3
....
5화

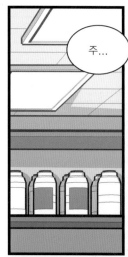

주...

'죽어'요?

성공!

인데...

몸의
상태가...

자정을 넘기고 말았다...

과장이 마취되어 자고 있었던 시간...

과장님

또 최 대리가 깨우러 왔군.

기분 탓인지 아까보다 세게 때리는 것 같은데....

그럼 이제 이 주임이 무사하길 비는 수밖에 없나 ...!

이 주임 어딨어!!

헉헉!!

헉헉!!

선로에서 일어난 사고래요?

정확한 건 모르는데 둘 다 우리 회사 사원이라는데?

아니, 취객 구하려고 남자랑 여자랑 같이 선로에 내려갔었나 봐. 남자는 빠져나왔는데 여자만 치였대.

어머 어머... 웬일이야... 어떡해요...

거짓말...

거짓말이야.

그...그래! 저번에 타임리프를 남용했을 때

까악!!

일주일도 넘게 시간이 돌아갔잖아!

그런 맥락으로 몇 번이나 자살하면 돼!

훨씬 전으로 돌아가서 죽음을 막자!

팟!

팟!

팟!

안되잖아!

과장님! 일어나 보세요!

뭐야, 이게!

왜지. 그때랑 다른 게 뭐야!!

...죽었어?

정말로?

말도 안 돼...

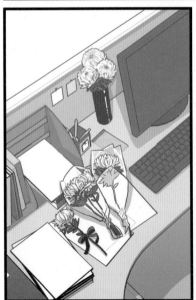

죽어도 좋아3

윽...
강 대리...

스윽...

움찔!

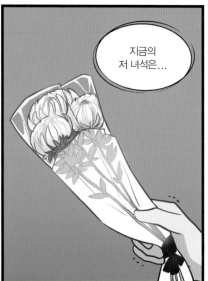

지금의
저 녀석은...

이 주임이...
자기가 죽어도
좋을 만큼

좋아했다는
사실을...
꿈에서도
모르겠지...

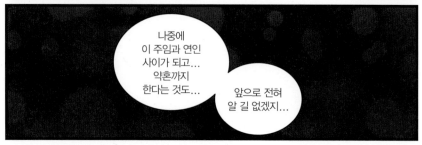

나중에
이 주임과 연인
사이가 되고...
약혼까지
한다는 것도...

앞으로 전혀
알 길 없겠지...

저 먼저 가 보겠습니다.

과장님도 오래 계시지 마세요.

난 앞으로 어쩌면 좋지...

어쩌면 좋냐구...

으... 으으...

그러고 보니 여기에 ...

이 주임한테 받은 책을 ...

분명 뒀었는데...

시간이
돌아가서...

이 주임한테
선물 받은 책도
없어졌다...

이 주임이...

없다...

그리고 앞으로
남길 흔적들도...

사라진다...!

안 돼...

안 돼...!

죽어도 좋아♥
현정 작가님의 싸인회

등 참고서　　　수험서　　　취미/식용/스포츠　　　추리/미스터리　　　영미도서　　유아/청소년

죽어도...

좋아...

죽어도 좋아3

6화

죽어도 좋아♡
현정 작가님의 싸인회

으아아!!!
봐버렸다!!

막상 죽으려고
결심했는데도
'죽어'에 놀라는 건
자동반사.

자...잠깐,
저 책 분명
이 주임이
선물했던
책인데...

책 제목이
이런데... 그때
보고 타임리프가
일어났던가?

네가 여기서 나가면 뭐 할 거나 있을 것 같아?!

착각하지 마! 딴 데 가면 여기보다 더 힘들어!!!

너 같이 책임감 없는 애, 필요로 하는 사람이 있나 보자!!

12,800원 입니다. 봉투 드릴까요?

계산하는곳

아뇨, 됐어요.

맞다.
그
현정이다!!

현정

〈작가 이력〉

이 세상엔
더 나은 미래를
위해

죽어도 좋은
쓰레기 같은
인간들이
분명 있다.

회식
자리에서
시작되는
소설...

이거... 완전
이 주임이랑
강 대리랑
내 얘기잖아.

설마 이 소설
때문에...
타임리프가
일어난 거야?

안되겠다.

만나야 겠어.

현정이를 만나면 해답을 찾을 수 있을지도 몰라.

사인회가 취소 됐다고...

현정이 갠 이 주임 친구였으니 분명 장례식에 올 거야.

자...잠시 조객록... 조객록 좀 확인할게요.

네?

아, 잠시만요!

없어... 아직 안 온 건가...

어쩜 좋아...

나 도저히 못 들어가겠어 ...

왔다!! 현정!!!

근데 어떻게 말을 걸지.

난데없이 네 소설에 나오는 타임리프가 현실이 돼서

이 주임이 사고를 당했다고 해도 믿을 리 없고...

젠장... 꼭 이상한 사람 같잖아...

뭐하는 겁니까?!

확!!

왜 저 아가씨 뒤를 졸졸 따라다녀요?!

아...아니 그런 게 아니라... 따라온 건 맞는데 그런 게 아니라...

뭐 헛소리야?!

안녕하세요. 이 사람이 아까부터 당신을 스토킹하고 있었는데 아는 사람인가요?

요새 세상이 워낙 흉흉해서 말이에요.

네?

백...

...과장?

게다가 나를 싫어할 게 뻔한데...

과장님이 무슨 일로 절 따라오신 거예요?

하... 할 얘기가 있어. 아주 중요한 얘기야.

네가 날 어떻게 생각하는지 잘 알아. 그래도 그건 중요한 게 아니야.

내가 지금 말도 안 되는 얘기를 할 거지만 그래도 믿어야 해.

네 소설 때문에 이 주임이 죽었어.

뭐...

...라고요?

죽어도 좋아3

7화

자...잠깐!
갑자기 나타나서
이게 뭐예요!!
일어나세요,
당장!!

내...내 말을
들어주는 거야?
들어줄 때까지
못 일어나.

아...알았어요.
들어줄 테니까.

통했다
...!!

드디어
내 말을
들어준다!!

믿어
준다고!!!

네. 믿어요. 다 믿고 말고요.

루다 장례식에서 갑자기 왜 이러시나 했더니...

지금 충격이 너무 심하게 와서 오락가락하신 것 같아요.

너무 갑작스럽게 찾아온 슬픔이 감당할 수 없고 실감나지 않죠?

저도 그래요.

게다가 과장님은 루다랑 일 오래 하셨으니까...

아니야! 그런 게!! 네 소설에 나온 일들이 그대로 일어나고 있다니까!!

하...
제 소설
끝까지 다 읽긴
하셨어요?

보세요.
과장님이
말하시는 그런
일들 없죠?

이 소설 아직
미완결이에요.

그냥 제 소설에는
상사 캐릭터 때문에
하루가 반복되는
내용밖에 없어요.

악덕 상사가
끊임없이
벌 받는 재미로 보는
소설이라구요.

거기서 오는 통쾌함으로 인기를 얻었고요.

과장님이 말하는 열차 사고나 타임리프의 규칙이 바뀐다던가 그런 건 전혀 없잖아요.

뒷내용!! 뒷내용 더 생각한 건 없어?!

없어요. 아직 결말을 못 정한 것도 있고... 저도 지금 그것 때문에 고민이 많아요...

솔직히 말할게요. 이 소설 속의 상사 캐릭터는 백 과장님이 모델인 거 맞아요.

근데 만화도 아니고 이런 일이 실제로 생길 리가 없잖아요.

퇴사하고 제가 잘돼서 받은 열등감, 루다에게 못되게 굴었던 죄책감,

이런 게 겹쳐서 제 소설 내용이랑 현실을 헷갈려 하시는 것 같아요.

아냐!! 나 안 미쳤어!!! 난 정말 미래에서 왔다고!!!

몇 개월 후의 미래에서!!!

이러고 있을 때가 아니야!! 이러고 있는 동안에도 시간은 간다고!!

나중에 시간이 크게 돌아간다고 해도 열차 사고 전으로 돌아가기 힘들 수도 있어!!

그만 좀 하세요!! 정말 보기 힘드네요!!

과장님이 망했으면 했지만 이 정도로 암담한 결말을 원한 게 아니었다고요!!

주식하다 망해서 사채나 끌어쓰다가 늘어난 빚을 어떻게든 해결해 보겠다고 에스포와르에 몸을 실었다 변태 늙은이한테 붙잡혀 단행본 39권 분량까지 도박에 허덕이는 그런 소소한 불행을 원했어요!

야!! 그게 어딜 봐서 소소한 불행이야!!

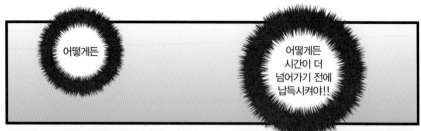

어떻게든

어떻게든
시간이 더
넘어가기 전에
납득시켜야!!

이번 주!!!

복권 당첨 번호
알려줄게!!!!

정신 차려요, 정말!!!
참나, 내가 진짜
갓난아기도 아니고
과장님이 미래에서
온 사람이라는 말을
믿겠어요?! 지금?!

응애에요!!!

이럴 수가!!

자본주의 스웨거!!!

그렇다.
스스로 타임리프를
만들 수 있게 되면서
과장은 루다가
알아채지 못하도록
몰래몰래 돈을
벌었다.

루다가 의심할까 봐
퇴사도 안 하고
그 돈으로 루다한테
밥 사주면서 생색냄.

복권, 주식 등
루다가 못한 게
아니라 안 하고
있었던 짓들을
실컷 하고 다닌
백 과장.

다행히 타임리프의
규칙이 바뀐 후
처음 로또에 도전해
보았던 주라 번호를
기억하고 있었던 것.

젠장! 당첨 복권이 위조된 거라며 도통 믿질 않아서

당첨금 수령까지 하느라 시간이 너무 지체됐어.

과장님이 정말 미래에서 왔다구요? 레오 진짜 오스카 타요?

어. 탄다, 타.

수상소감은요?

오오, 린다. 땡큐, 린다...

장보리 결말은요? 트럼프 대통령 되나요?!

아, 진짜!! 지금 그게 문제가 아니야!!

지금 네 소설과 똑같은 타임리프가 일어났단 말이야.

그게 정말 이상해요. 만약 그게 사실 이라고 쳐요.

그럼 과장님만 망할 것이지 왜 애꿎은 루다가 이런 데 휘말리느냔 말이에요.

원한... 과장님에 대한 원한으로 이런 일이 생긴 걸까요?

왜 하필 저일까요? 원한 가진 사람은 한둘이 아닐 텐데...

글쎄다... 너만 퇴사를 해서?!

그럴 듯하네요. 이 취업난에 저만 퇴사를 해서 이렇게 된 걸까요?

나는 '죽어'라는 말을 남한테 듣거나 글씨를 보면 죽게 되고 타임리프가 생겨.

하지만 네 소설에 쓰인 이 글씨는 아무리 봐도 타임리프가 일어나질 않아.

정말 '죽어'라는 소리를 들으면 죽는 거 맞아요?

팟!! 팁!!

안 돼!! 이제 더 이상 내게 반복할 기력은 없어!!

네 소설이 이 타임리프의 단서인 건 분명해. 틀림없어.

내가 너에게 심하게 군 것도 사실이고...

그래서 추측해 보는 건데.

내가 너에게 용서를 빌고 네가 나를 용서해주면 모든 것이 해결되지 않을까?

....

루다는요,
정말 좋은
애에요.

힘든
회사 생활
견디게
해 준 것도...

퇴사해서도
계속 희망을
놓지 않고
글을 쓴 것도

모두 루다가
긍정적으로
응원해 준
덕이었어요.

루다만 살아
돌아온다면...

이렇게 해서
과장님이 말하는
마법이
풀려준다면...

전 과장님을
백 번, 천 번, 만 번도
더 용서할 거예요.

이걸로... 정말
이렇게 타임리프가
풀리는 건가?!

이 악몽이
모두 끝나고
이 주임이 살아
돌아오는 거야?!

죽어도 좋아3
8화

좋아요.

그럼 과장님을 용서해 볼게요.

네, 설마 루다 팔고 용서받고 싶어서 쇼하는 건 아니죠?

정말이냐!!

아니야!! 그런 거!!

근데 진짜 제가 용서하면 다 되는 거 맞아요? 루다도 살아 돌아오고 타임리프도 없어지고?

막 과장님이 잠에서 깨서 헉 알고 보니 꿈!! 이렇게 되는 거예요?

몰라. 한번 시도해 봐야지.

좋아... 간다!!

사과문 작성 원칙에 입각하여 글 작성하기

나, 백 과장은 영혼을 파괴하는 언사들을 사용하여 본의 아니게 현정에게 정신적 고통을 주었고 결과적으로 퇴사로 몰아가...

본의 아니게 빼라고요! 무슨 본의가 아니야, 본의대로 다 저질러놓고!

칫

두루뭉술하게 쓰지 말고!! 육하원칙에 맞춰서 누가 언제 어디서 무엇을 어떻게 왜 했는지 똑바로 쓰라고요!

Angelina Jolie
Adopt me

자기가 인사 무시해놓고 인사 안 하는 애라고 뒤에서 욕한 건 왜 빼먹으시죠?

저 입사할 때 윗사람 친인척 낙하산 같다고 빈정댔던 거는요?

회식 자리에서 술 거절하니까 신입이 개념 없다고 사원들 앞에서 소리 지른 것도 있잖아요?

저지른 게 너무 많아서 다 쓰기 힘들고...

헉헉...

이것도 실패

사과문을 팔만대장경만큼 썼는데 무슨 정성이 부족하대!!

아, 어쩌란 말이냐! 트위스트 추면서!!

야!! 솔직히 이쯤 되면 네 잘못 아니냐?!

내 사과 진심으로 받은 거 맞아? 솔직히 말해 봐!! 나 아직 용서한 거 아니지?

뭐가 어쩌고 저째요?! 제가 그딴 말을 듣고 과장님을 용서해야 해요?! 반성의 기미가 하나도 안 보이는데요?!

야!! 그러길래 누가 전 상사 소재로 영감 받아 소설 쓰래!! 네가 무슨 테일러 스위프트야?!?!

팟!!

이 짓을 거의 무한 번 반복.

제장...

...미안하다... 다 내 잘못이야. 내 정성이 아직 부족했던 게야...

내 탓이오, 내 탓이오, 내 탓이 로소이다.

오늘부터 산에 올라가 치성 기도를...!!

아, 오버하지 말고 일어나세요!!

타임리프가 끝나게 해 주시옵소서... 이 주임이 살아 돌아올 수 있게 해 주옵소서...

뭐랄까, 다 제 잘못일지도 몰라요...

제 마음 한 구석에서 과장님을 원망하는 마음이 너무 커서 그런 걸지도 ...

학교 다닐 때 교수님이 실존하는 사람을 모델로 할 땐 조심하라고 하셨는데.... 이런 일이 생기게 될 줄은...

물론 교수는 그런 의미로 말한 것이 아님.

하아...
기다려 보세요.
잠깐 면벌부 써서
과장님한테
팔아 볼게요.

쿨찌럭

교황
레오 10세
코스프레

그...
그나저나
진짜 이게
해결 방법이
맞을까요?

진짜 제
소설이 원인이고
제 원한이 풀리면
타임리프가
사라진다 쳐요.

루다가 살아
돌아온다는
보장이
없잖아요.

이러다
타임리프만
사라져 버리면
사고가 있었던
그 시간으로
못 돌아가는 거
아니에요?

오싹!!

마틴 루터
코스프레

안 돼!!
면벌부 제작을
그만둬!!!

하아...
어쩜 좋지...

어쩌면
좋냐고...

...
이 주임이
그랬어...

내가
착해지면
타임리프가
풀린다고.

Angelina

루다는
그걸 어떻게
알았대요?

이 주임
남자친구가
타임리프 푸는
법을 알고 있대.

그럼
그 사람한테
가서 물어보면
되잖아요.

나도
물어봤는데
소용없었어.

아는 사람이
모르기도 해요?
그게 무슨
말이야...

몰라. 시간이
달라진 탓인가...
원래 이 주임이
물어봤던 때는
지금보다
나중이었어.

과장님은
언제
물어봤어요?

이 주임 사고
나던 날 즈음..

지금은
알 수도
있잖아요.

결국...

이렇게 강 대리를 다시 만나게 되는 건가.

젠장...
불편한데...

어서 오세요~

?!?!?!?!

죽어도 좋아3
9화

꼴이
저게 뭐야
?!

웬 사극
수염?!

잘
지내셨어요...?
듣기로 퇴사
하셨다고...

어... 응...
그렇게 됐어.

저도 지금
퇴사 생각 중이에요.
도저히 맨정신으로는
회사 다닐 자신이
없어서...

이 자식
완전
망가졌잖아
!!

과장님은 생각보다 멀쩡하시네요.

저보다 더 힘드셨을 거라고 생각했는데...

저, 사실 루다랑 과장님 관계 알고 있었거든요...

어... 응.

큭, 무심결에 애매하게 대답해 버리고 말았네.

타이밍을 놓쳐서 부정을 못하겠다. 미안해, 이 주임.

백 과장 개새끼야!!!!

원한 때문에 성불하지 못한 루다의 영혼

떡!

떡!

사...사실 오늘 만나자고 한 것도 이 주임 때문이야.

이거 이 주임이 생전에 재밌게 읽었던 책이거든.

그런데 이 책이 완결나기도 전에 사고가 나서... 결말을 모른 채 가 버리게 됐어.

강 대리가 읽고 결말 좀 예상해줄 수 있을까?

그런 거라면 작가 분을 직접 만나러 가지 그러세요.

국내 도서 같은데 사정을 설명하면 결말 알려줄 거예요.

작가도 결말을 모른단 말이다!

정말 뜬금없는 거 알지만.

이 주임이 강 대리 정말 똑똑한 사람이라고 하더라고... 좋은 동료고...

진짜 결말이 중요한 게 아니라 강 대리가 생각해준 결말이 더 의미가 있을 것 같아.

분명 이 주임이 좋아해 줄 거라고 생각해. 이 주임의 부탁이라고 생각하고 어떻게 안 될까?

…

루다의 부탁이라면…

전 루다한테 평생 갚지 못할 빚을 졌으니까요.

한번 해보겠습니다.

파라락

다 읽었어요.

벌써?! 제대로 읽은 거 맞아?!

네, 초등학생 때부터 속독을 배워서 책 읽는 건 빨라요.

...상사가 원한을 사면

두근

두근

하루가 반복되는 타임리프.

상사가 착해지면 끝나지 않을까요? 원한을 안 사면 그만이잖아요?

이럴 수가!!

아니야!! 적어도 그런 결말은 아닐 거야!!

글쎄요, 이야기엔 교훈이 있잖아요.

상사가 나쁘게 굴면 생기는 타임리프니까 착하게 굴면 사라지는 게 당연하겠죠.

아니, 그렇게 단순한 문제가 아니라니까!!!

나중엔 규칙이 바뀌어서 딱히 원한을 사지 않아도 불특정 다수를 대상으로 한 저주 글을 보거나 말만 들어도 타임리프가 생기는데...!!

...나중엔...

규칙이 바뀐다...?!

기다려 봐!

좀 더 자세한 소설 뒷얘길 가져올 테니까!!!

팟!!

강 대리를 감금할 때는
누군가가 저주하거나
'죽어'라는 말을
들으면 하루가
반복되는 걸로만
설명을 했지, 바뀐
타임리프에 대해서는
자세히 말해
주지 않았어.

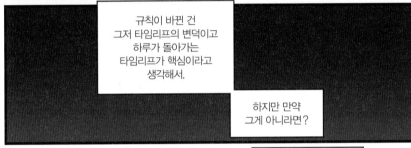

규칙이 바뀐 건
그저 타임리프의 변덕이고
하루가 돌아가는
타임리프가 핵심이라고
생각해서.

하지만 만약
그게 아니라면?

이 주임은
분명 바뀐
규칙에 대해서도
설명했을 거야.

규칙이 바뀐 것에
이유가 있다면?
소설에 나오지 않은
부분이 핵심이라면?

강 대리!!

이 주임이 해답을
알아낸 건 타임리프가
세 번째로 바뀌었을
때니까.

이 부분이
단서가 될 수
있다면!!

타임리프는
총 3번 형태를
바꾸네요.

처음엔
사람들의 원한을
사면 하루가 돌아가는
형태였죠.

그런데
상사가 도저히
착해질 기미가
보이지 않자

주인공이
대신 뛰어다니며
가까스로
타임리프를
막았죠.

그래서
책을 읽었을 땐
그냥 여기서 상사만
착해지면 타임리프가
사라질 거라고
생각했어요.

그때가 정말
마지막이었던 건가?
난 이미 기회를
놓친 거야?

그런데
타임리프가
반복되며 또
규칙이
바뀌었죠.

이 바뀐
규칙 말인데,

두 번째는

제가 생각을 좀 해봤는데

지금 과장님은 앞뒤 상관없이 '죽어'라는 말만 들으면 죽게 되잖아요.

타임리프를 만들 수 있는 자유도가 올라갔어요.

그리고 세 번째는 하루보다 많은 시간이 돌아갔어요.

정상적인 타임리프라면 하루가 돌아가야 하는데... 이번엔 이틀이 돌아갔잖아?

둘 다 이상함은 느끼고 있었지만 냉전 상태라 차마 이야기하지 못함.

이틀만이 아니라 일주일, 한 달도 더 넘게 돌아갔다고 적혀 있네요.

저는 이 바뀐 규칙들이 중요하다고 생각해요.

하루로는 아무것도 바꿀 수 없지만 이틀 이상의 타임리프가 있으면 할 수 있는 게 하나 있어요.

바로 대과거(大過去)로의 이동이요.

뭐어? 대과거? 그게 무슨 말이야?

잘 생각해 보세요. 하루가 돌아가는 타임리프는 아무리 발생해도 제자리 걸음이에요.

하지만 이틀이 되면 더 예전 과거로 전진할 수 있는 추진력이 생기죠.

예를 들어 하루 만의 타임리프는 당일 자정으로 이동하고, 이틀 간의 타임리프는 전날 자정으로 이동하는 게 기준이라고 해 봐요.

타임리프가 이틀 간격이라면, 자정이 넘어가 새로운 날이 오기 전에

죽어!

이 소설에 나오는 타임리프를 자각하는 인물 둘이 만나서 다시 타임리프를 만들면

훨씬 더 과거로 여행을 떠날 수 있어요.

안 돼... 그건 안 돼...

세 번째 변화를 만들려면 이 주임이 필요해.

이젠 그걸 도와줄 이 주임이 없어!!

마음 같아선 나도 열차 사고 때로 다시 돌아가서 이 주임을 막고 싶다고!!

그나저나 저 글의 어디에도 열차 사고는 언급되어 있지 않은데 강 대리는 어디로 돌아가라는 거지?

이틀이 아닌 일주일, 한 달,

이런 식으로도 돌아갈 수 있다면 더 용이하게 도착할 수 있을 거예요.

이걸 이용해 타임리프 규칙이 바뀌기 전...

아니 아예 타임리프가 발생하기 전으로 돌아간다면

타임리프를 통째로 없애 버리는 것도 가능하지 않을까요.

죽어도 좋아3
10화

뭐?!
타임리프가
생기기 전?!

만약
거기까지 가는 게
가능하다 쳐.

그럼 그 상사가
대과거로 돌아가서
뭘 어떻게 하면
되는데?

그야 뻔하죠.
모든 이야기엔
교훈이 있잖아요.

교...교훈?

이미 우리가
다 알고 있는
교훈이요.

과장님이 겪었던 일들 받아 적고 있으니까 문득 생각이 났어요.

전 계속 과장님을 미워하는 마음으로 가득했거든요.

진짜 이 소설처럼 망해 버렸으면 좋겠다고 생각했어요.

근데 또 생각해 보니 그것만은 아닌 것 같아요.

사람이 죽을 때가 되면 변한다는 말도 있잖아요.

저는 소설 속에서라도 과장님 같은 사람이 변하면 좋겠다고 생각했어요.

상사가
착해져서 원한을
사지 않으면 끝나는
타임리프!!

그렇다.
루다가 자신이 말한
타임리프를 소설로
가정해 보라고 하자

현실이라면
생길 리 없는
타임리프.

강 대리는
가장 먼저
교훈을 설정했다.

발생한다고 해도
여러 가지 문제가
따를 수 있다.

타임리프는
총 3번에 걸쳐 바뀌었는데
타임리프가 2번일 때만
3번으로 바뀌는 규칙이 있다면
1번 시간대로 돌아갔을 때도
이틀만큼 시간이
돌아갈까?

이 당시엔 강 대리가
이틀만 돌아간다고
알고 있었기 때문에
했던 걱정.

시간을
타임리프 발생 전으로
되돌릴 수 있다면…
깔끔하게 없애
버릴 수 있을 텐데.

하지만
이게 소설이라면…
신이 아닌
사람의 의도라면
가능할지도…

만약 이 소설에서 작가의 의도가 상사의 개과천선이라면,

남에 의해서가 아닌 스스로 변하길 원한다면... 분명 그 시간으로 데려가 줄 거야...

늦었어... 차라리 그때 이 주임이 가자고 할 때 함께 가서 도와줬더라면...

이번엔 강 대리님 감금하지 말고 과장님도 지하철에 같이 가 봐요.

과장님은 혹시 선로에 내려가서 구조를 도와줄 생각 있으세요?

이 주임이 사고를 당하지 않았더라면 이 방법으로 타임리프를 없앴을 텐데...

흑...

흑... 이 주임...

미안해!!! 이 주임!!!

루다...

흑...!!!

루다가 보고 싶은 건 과장님만이 아니라구요!!!

뿌애애애애애앵!!

쪽팔림은 망자의 몫...

둘 다 그만해...

흐규흐규!!

흑흑... 그나저나...

이 주임이 진작 이 방법을 알아냈다고 해도...

할 수 있었을 리 없다.

이 방법은 분명 달걀의 밑동을 깨서 세우는 것만큼 단순한 방법이었지만...

루다에게 있어
이 달걀은 강 대리와의
너무나 소중한
추억들이 세공된

차마
깨뜨릴 수 없는
아름다운 공예품
같은 달걀...

주인공이
타임리프를
풀면 정말
행복해질까?

나라면
풀기 싫을 것 같아.
특히 루다나 내가
주인공이라면...

강 대리의
이 말은 이런
의미였다.

뭐야...

타임리프가
원하는 게
내가 착해지는
거라면...

왜 이 주임을
괴롭히는 거야.

타임리프가 발생하기 전으로 돌아가 아예 타임리프 자체를 없애 버린다.

확실히 그럴 듯한 얘기네요.

지금 안 게 무슨 소용이야! 같이 시간을 돌려줄 루다가 없는데!

나도 과거로 돌아가 바꾸는 것 정도는 생각해 봤었어!!

...그거 말인데...

꼭 루다랑 해야 하는 거예요?

뭐?

루다 대신 저는 안 될까요? 방법만 알면 저랑 도전해 볼 수 있는 거잖아요.

뭐? 무슨 소릴 하는 거야?

조...좋아!
한번 시도해 보자!!
시간을 돌려보는
거야!!

잠깐만요!!

만약 지금
도전해서 무사히
타임리프 발생
전으로 갔다고
쳐요.

근데
과장님이 무심결에
몸에 배어 있는
진상짓을 해 버리면
타임리프가 다시
생길 거예요!

그럼
이 짓을 처음부터
다시 해야 하는데
괜찮겠어요?

헉...
그건 안 돼!!
소름 돋는군!!

타임리프를 푸는 해답은 이미 알고 있으니 지금 우리에게 중요한 건 따로 있어요.

그건 바로 철저한 준비죠.

과장님은 지금부터

타임리프를 완전 소멸시킬 수 있는 착한 마음씨를 가진 멋쟁이 신사로 자신을 탈바꿈하는 겁니다!!

멋쟁이 신사!!

죽어도 좋아3

....

11화

분명 쉽지 않은 일이에요. 제대로 절 따라올 자신 있나요?!

과장님이 믿어 왔던 정의와 상식을 모두 헤집어 놓는 일이라구요.

도전해 보겠어.

진심이세요?...

그럼 진심이지 농심이겠어?

?

좋아요. 그럼 한번 해 봐요.

저는 사랑과 희망, 믿음의 교화를 믿거든요.

사람은 분명 바뀔 수 있다고!!

시계태엽 오렌지에
나오는 조건 반사를
이용한 범죄자
교화 방법.

실험 대상자에게
선정적이거나
폭력적인
영상을 보여줌.

그때마다
구토를 일으키는
약물을 투여.

나한테
뭘 먹인 거야.

귀지맛
젤리요.

나쁜 행동이나
말을 떠올리기만
해도 구토감이
몰려온다.

너희 어머니
잘 계시...윱.

이렇게 준비한
D.I.Y 식
루드비코 요법.

초심자도
집에서 손쉽고
간단하게 인격 개조를
해 보아요!

따라하지
마세요.

루다는
뇌수술 하려고
했다면서요.

루다가
매그니토 같은
강경파라면 전
자비에 같은
온건파거든요.

엑스맨
아시죠?

어느 동네
자비에야, 그거!!
세상에 이딴 온건파가
어딨어!!

우린 살짝 루드비코 요법을 커스텀 해서 가 보자구요.

함대복 선생님 저서 인권이 뭐길래? 에서 발췌한 문제 나갑니다.

인권 유린하면서 인권 책 읽어주는 여자...

다음 중 옳은 말은?

1번. 여자들은 꽃이라 모두 아름답다.

1번!!

무조건 좋아 보이는 걸 골랐군요. 미화도 결국은 타자화에서 이루어지는 것.

웨엑!!!!

차별적인 말로 오답입니다!

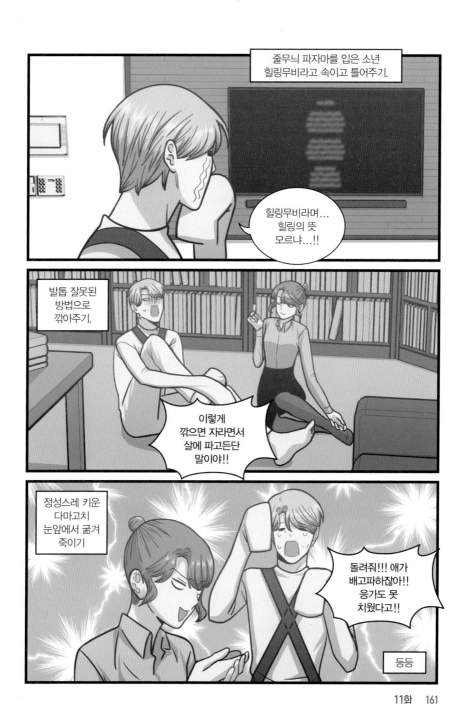

허나 루드비코 요법은 실패. 다음 단계로...

마음속 훈장님은 누구나 가지고 있습니다. 틀린 걸 고쳐주고 싶은 마음...

하지만 무례하게 상대를 조롱하며 가르치려는 태도는 정말 좋지 않죠.

언제나 자신의 상식은 세상이 아니다.

모르면 알아가면 된다. 나 자신도 모르는 게 많다... 이런 말을 머릿속에서 되뇌어 봅시다.

루드비코 요법 같은 과학의 힘으로 안 되면... 이런 초자연적인 힘을 빌리는 수밖엔...

일종의 구마의식이라고 생각하세요.

야, 그게 어딜 봐서 과학의 힘이야!

이건 전공자이기 때문에 저조차도 견디기 힘든 시련...

이걸 참아낸다면 과장님의 마음속 훈장님은 평화를 찾은 겁니다.

괴로워...
못 버티겠어...

퍽!!

강 대리?!

과장님...
또 뵙네요.

결국
퇴사하는
거냐?

네,
오늘부터
짐정리
시작하려구요.

...원래 회사는
적성에도
안 맞았으니
잘된 것 같아요.

옷도 아직
안 갈아입고
몰골이
엉망이군...

만약
타임리프가
없었다면 강 대리도
퇴사할 일
없었을까...

됐어.
이젠 나도
몰라...

타임리프가
원하는 착함의
기준이 뭔지도
모르겠고...

그리고
강 대리님
욕하지 마요.
과장님한테
그딴 놈이라는 얘기
들을 만한 사람
아니니까.

믿어지진 않지만
한때 강 대리님도
과장님처럼
이기적이었던 적이
있었대요.

그래도
강 대리님은 살기 위해
바뀌었다고 했어요.
좋은 사람이 되기 위해
노력이란 걸 한
사람이라구요.

이런 말
들어본 적
있으세요?

죽어도 좋아3
....
12화

그게 무슨 말이에요?

이, 이 주임이 그러던데. 강 대리한테 들었다고...

루다랑은 그런 개인적인 얘기까지 한 적 없는데요.

헉, 실수... 타임리프 때문에 날아간 날에 했던 얘긴가 보구나.

아아... 그럼 내가 착각했나 보네... 이 주임이 사람 보는 눈이 있거든...

항상 강 대리의 눈동자에서 그런 슬픈 과거가 얼핏 보인다고...

횡설수설...

눈동자... 슬픈 과거...?

그나저나 과장님은 희한하게 루다를 이름으로 안 부르시네요. 사귀는 거 아니었나요?

뜨끔

아무튼...

...맞아요. 루다가 정확히 봤네요.

어렸을 적엔 사람과 어울리는 게 힘들어서 주변 사람들 속도 많이 썩였어요.

근데 막상 어떻게 바뀌었냐고 물으시면...

대답하기가 어렵네요.

일단은... 그냥 무작정 노력했어요.

노력의 근간을 찾아보자면...

결국 제가 변한 건 다 저 자신 때문이었던 것 같지만.

사람들이 가슴 속에 품고 사는

아주 작은 이기심 파편 한 조각.

내가 좋아하는 사람이 나로 인해 괴롭지 않았으면 좋겠다.

내게 실망하지
않았으면 좋겠다.

날 필요로
해 줬으면 좋겠다.

나로 인해
행복해지고

나를
사랑해 줬으면
좋겠다.

그렇게 굴다간
과장님 좋아할
사람

평생!!
아무도 없을
테니까!!

그럼
가 보겠습니다.

저기,
강 대리.

네?

...

그동안
실 없는 소리
많이 해서
미안해.

괜찮아요.
요즘 같은 때
정신이 멀쩡하면
그게 더
이상하죠.

그래서
실 없는 소리
하나 더 할게.

네?

허헉

다시
한번...

다시
한번 해
보겠어!

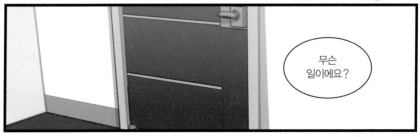

무슨
일이에요?

도망쳐서 다시는 안 올 것 같더니...

그 꼬라지로 어딜 싸돌아 다니신 건지...

자...잠깐 생각 정리할 시간이 필요했어.

예전에 루다가 나한테 그러더라.

그렇게 굴다간 날 좋아할 사람 평생 아무도 없을 거라고...

그건 싫어...
미움 받는 건
싫다.

그래도
착한 사람
되는 건
어려워...

솔직히
기준이 뭔지도
모르겠어.

하지만
미움 받지 않는...
나쁘지 않은 사람이
되는 것 정도는...
가능하지
않을까?

좋은 사람은
아니어도
내가 아끼는
사람들에게 싫지 않은
사람이 되고 싶다.

다른
누구도 아닌...
나 자신을
위해서...

...사실...
과장님을 데리고
이것저것 하긴 했지만
저도 솔직히 타임리프가
말하는 착함의
기준이 뭔지는 저도
모르겠어요.

그런 거였어?!

강 대리라는
사람이 그랬다니까
해 본 거죠 뭐.

그리고 저도
깨달은 부분이
있었는데...

세상에 완벽하게
착한 사람이 어딨어요.
저도 누군가에겐 못된
계집이었을 테고...

솔직히
학교 다니고
사회생활 하면서
과장님보다
나쁜 인간들 많이
봤거든요?

지망생들
등 쳐 먹는
업체인도
있었고...

상습적으로
성추행 일삼는
교수도
있었어요.

너무
쓰레기 같아서
소설 모델로도
쓰기 싫은
인간들...

과장님이
제 소설
주인공이 되고
이 타임리프가
일어난 건

과장님에겐
갱생의 여지가 있고
한 번 더 기회를 줄만 하
다고 판단해서가
아닐까요.

타임리프!
세계!
우주가!

죽어도 좋아3

13화

아...
안 돼!

너무 일러!

난 아직
준비가
안 됐다고!

그 때 네 말대로
무작정 시간부터
돌렸다가 또 반복하면
어떡하냐.

그렇긴 한데,
지금처럼
적당히 긴장하고
있을 때

돌리는 게
차라리 실수를
덜 하지
않을까요?

그리고
이렇게 시간만 계속
끌다가 타임리프
발생 전으로
돌아가지 못하면
어떻게 해요.

그건
그렇지만...

그럼
좀 더 생각해 봐요.
어차피 시간을 돌리고
싶어도 오늘 자정이
넘어야 가능하니까.

엥?
어째서야.

저는 타임리프 기억 공유가 없잖아요. 오늘 타임리프가 일어나면 우리가 지금 시간을 돌리기로 했던 것도 잊는다고요.

하지만 오늘 자정만 넘기면 세이브 포인트가 만들어지니까 저도 기억이 생기잖아요.

그러면 과장님이 그 말을 듣기 한결 쉬워지죠.

타임리프 합시다!

자정

백 과장 죽어!

일단은 초반에 최대한 많은 타임리프를 만드는 게 중요하니까...

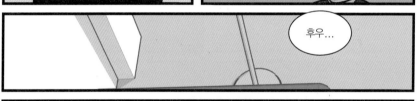

후우...

과연 현정과 내가 시간을 돌리는 데 성공할까...

이번에 돌아간다면 어느 정도나 이동하게 될까...

강 대리 말처럼 만약 타임리프 발생 전으로 돌아가면

이 주임도 다시 살아 돌아오겠지?

이 주임...

이 주임이 없는 이런 현재는 싫어 ...

어떻게든 과거를 바꿔서 이런 비극이 일어나지 않도록...

생각
끝내셨어요?

그래.
한번
해 보자고.

그럼
자정이 되면 나부터
시간을 엄청 돌리고
그 후론 니가 계속
'그 말'을 하는
거다.

자금이야 네가
기억이 있으니까
상관없겠지만
기억이 없는 시간대로
돌아가면...

내가 널 많이
자극하게 될 텐데
괜찮겠어?

됐어요.
뭘
새삼스레...

12:00

시간
됐어요.

그럼
시작한다...

Angelina Jolie
Adopt me

가자,
현정!!!

이 몸이
죽고 죽어

팟!

반복

이딴 방법으로 내가 바뀔 것 같냐?!!

그때 회사에서 너한테 했던 말들 행동들 후회한 적 없어!!

사실 너한테 하나도 미안하지 않아!!!

미안하다, 현정!!

팟!

백 과장 진짜!! 죽어 버려!!!

백 과장이 '죽어'라는 말을 듣는데 어려움은 전혀 없었다

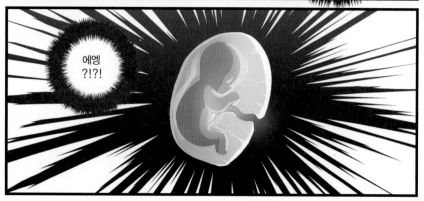

...은

아니구나
...

휴, 다행...
이...이 정도
돌렸는데...

더
돌려야 하나?
날짜를
확인해야...

...이건...

calendar

타임리프의
시작...

2015.4.14
오전 12:00

회식 날이다...

죽어도 좋아3

14화

자정이
지나 봐야
알겠지만...

단심가를
들어도 아직 별
반응이 없는 걸로
봐서는...

타임리프
변형 전... 발생 전으로
돌아온 게 맞구나!!

성공했다!!

이 주임!!
이 주임을
만나러
가야 돼!!

다들
좋은
아침이에요~

이 주임
이다!

이 주임이
살아 있어!!

이 주임!!
내가 해냈어!!

해냈다고!!

아니 대체 뭘...
해내셨길래...

사 둔
주식이라도
오르셨어요?

무슨 소릴
하는 거야!
타임리프
말이야!!

네??
회사 이름이...
타임리프
인가요...?

기억하지
못한다...

전부...!

무슨 일이야?

몰라요. 오늘 백 과장님 기분 좋아 보이시네...

슬금슬금

저번에 사고 당했을 때 기억 못했던 것처럼...

이번엔 기억이 통째로 날아간 거야?

내가 꿈처럼 일부만 기억하다가 완전한 기억을 얻은 것처럼...

이 주임도 기억의 일부가 소실되다가 전부 사라져 버렸어.

혼자 남겨져 버렸어...

이 타임리프에...

따르르릉

과장님, 전화 받으셔야죠.

...
여보세요.

그...
그래. 일단은 타임리프를 아예 없애 버리는 게 우선이야.

처음부터 애초에 발생할 일이 없도록!!

내 기억은 없지만... 현정의 소설과 이 주임의 말에 따르면 첫 번째 타임리프는

최 대리와의 불화에서 일어난다.

최대한 감정적이지 않게... 인신공격 하지 말고...

최 대리가 날 저주하지 않도록... 칭찬이라도 좀 해 볼까.

저기... 최 대리... 아까 거래처에서 전화가 왔는데 말이지...

네, 정말요?

그리고 오늘 얼굴이 좋...

죄송합니다. 오늘 내로 알아볼게요.

아마 쌍방으로 소통에 문제가 있었나 봐요.

칭찬 같은 거
굳이 하지 않아도

말만 조심했는데도
많은 것이 바뀐다.

마음 상할 일이
없어서 저녁
회식에도 참가한
최 대리.

정말 이거면
되는 거야?
이렇게 쉬운
거였나?

거기
집게 좀...

이 주임의
도움 없이 앞으로
쭉 해 나가야
하는데...

이렇게만
하면 되는
걸까?

그나저나
대체 왜
이 시간대지...

나는 그동안
한결같이
살아왔는데...

진짜
타임리프가
원하는 게 나 자신이
바뀌는 거라면

차라리
엄청 예전으로
돌아가서 인생
처음부터 다시
시작해야 맞는 거
아니야?

과장님,
술 한 잔
드릴까요?

아...

이 주임...

이 주임이

쳐다보고
있다...

내가 아닌

강 대리를...

소중한 사람이
나로 인해
행복해지고

나를
사랑해 줬으면
좋겠다.

네,
솔로에요.

의외네요.
전 당연히
있을 줄
알았는데.

눈물이...

눈물이
멈추지 않는다.

그냥 죽고 싶어...
이대로 타임리프가
일어났으면...

죽고 싶을 정도의
속상함...

하지만 백 과장의
기분과는 별개로
타임리프는 일어나지
않았다.

최 대리의
죽으라는
저주가 없었기
때문에...

백 과장은 차에
치이지 않았다.
간판에 머리를
맞는 일도 없었다.

아무래도
백 과장님은 제가
끝까지 모시고 가야
할 것 같아요.

아. 그리고
아까 하려던
말은...

흐으응
흐으흥으

언제 만나서
같이 밥
안 먹을래요?

흐아아아아앙!!!

타임리프가 허락한
기회와 벌...

과장은 아직 모르고 있지만...
루다를 행복하게 만드는 것과
자신이 달라지는 건

본질적으로는 같은 일이다.

죽어도 좋아3

15화

과장님, 이제
도어락 비밀번호
누르셔야 할 것
같은데...

과장님?

없음

어디...

?!?!

으응...

이상하다...
분명 방금까진
개새끼였는데
...

소름...

무슨
영화에요?

튜...튜링
나오는 영환데.

튜링이요?

아... 네...
앨런 튜링... 음...
수학자인데
2차 대전...

아아...

아, 역시 재미없으실 것 같아요!

전기에 가까운 영화라서...

앗, 아니에요. 재밌을 것 같은데.

역시 딴 거 봐요. 딴 거.

요새 재밌는 영화 많던데...

으앙. 난 괜찮은데...

점심시간도 거의 끝나가는데 우리 이제 슬슬 들어가죠.

문이
닫힙니다.

어색...

텁!!

참 심심하네!

아무렇지 않게
끼어들었어...

요즘 재밌는 영화 뭐 없나...

어... 강 대리님한테 오늘 추천 받았는데... 앨런 튜링 생애를 그린 영화가...

그거 재밌겠구만!!!!

근데 난 앨런 튜링을 몰라!!!

앨런 튜링을 모르는 사람은 영화를 볼 자격도 없는 걸까?!!?!

영화를 보면서 역사적 인물과 업적을 알아가면 안 되는 거야?

아... 아뇨...

잘 모르더라도 보고 싶은 영화를 볼 수 있는 세상에서 살고 싶다!!!

우아아아앙!

우린 자유의지를 가진 인간이니까 내가 선택한 영화를 볼 수 있다!!

... 그냥 앨런 튜링 보러 가실래요?

그럴까요...

그러고 보니...

오늘도 무슨 타임리프 있지 않나?

오늘은 원래 정화에게 저주를 받는 날이다.

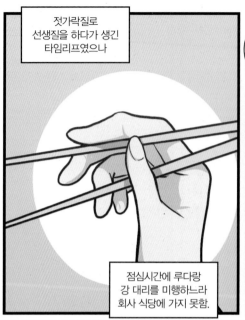

젓가락질로
선생질을 하다가 생긴
타임리프였으나

점심시간에 루다랑
강 대리를 미행하느라
회사 식당에 가지 못함.

이래도
되는 건가?
아예
빼먹었다고.

반칙한 걸로
치는 거 아냐??

앗,
마침...

점심 먹고 나서
항상 짬을 내서
책을 읽는군...

저기...

내가 읽는 책
가지고
무시할까 봐...

스윽...

책 표지를
가린다...

...
그 책 재밌지.
나도 재밌게
읽었어.

참 책을
많이 읽네.

거의 매일
가져오는 거지?

매번 책 들고
다니는 거
무겁지 않아?

요샌
이북으로도 많이
나온다던데...

아... 네...
근데 아직
시장이 작아서..

제가 보고
싶은 책은
대부분 종이책
이라서...

그래 이북은
이북대로,

종이책은
종이책대로의
매력이 있지...

어떻게 읽든
책 읽는 습관은
좋은 것 같아.

대단하네.
쉽지 않은
일인데...

아까
백 과장님이랑
무슨 얘기
했어?

또 시비 건 거 아냐?

아... 그런 건 아니구... 책 얘기 좀 했어요.

이북 사는 건 어떻냐고...

참나, 웬 참견... 아무튼 그 양반 오지랖은...

아...아뇨. 근데

평소의 그런 느낌은... 아니었어요.

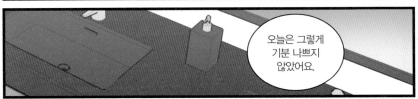

오늘은 그렇게 기분 나쁘지 않았어요.

젠장 젠장...
이렇게 하는 게
맞는 건가..

타임리프
일어나진
않겠지...

말하는데
잘못 튀어
나갈까 봐

두근거려서
죽는 줄
알았네...

아...아까
이북 추천한 게
혹시 가르치는
것처럼 보이진
않았을까?

기분 나빠해서
타임리프 일어나면
어떡하지...

제발...
제발 부탁이야...
일어나면
안 된다구...

끄으...
내가 무슨
말을 했는지
자세히 기억해
보자...

자기로 인해 상대방 기분이
상했을까 봐 걱정하고
괴로워하고...

자기가 했던 언사를
되돌아보는 하루...

이 날 역시
타임리프는
일어나지 않았다.

~ 과장 포메와는 다르다! ~

오리지널 과장 포메

→
앞머리가
없다.

현정의 소설 파생 상품
개새끼 상사 인형

죽어도 좋아3

16화

이 세상에...

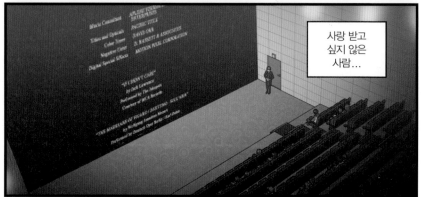

사랑 받고
싶지 않은
사람...

미움 받고
싶은 사람이
...

있을 리가
없다.

아...
루다 씨는 영화
괜찮으셨어요?

네,
재밌었어요.

다행이다.

아무래도
여자 분들은
다 수학이나
과학 얘기
같은 건

싫어하거나
지루해
하시니까요.

중간에
주무시는 건
아닌지
걱정했어요.

왜냐하면...

이미 두 사람의
관계는 궤도에
올랐기 때문에.

잘 들어가,
루다야.
오늘 즐거웠어~

응,
오빠도...

저...
루다야...

나 얼굴
심하게
부었지?

아뇨,
괜찮은데요?

그러게...
괜찮은데 왜?

아침에 그만큼
안 붓는 사람이
어딨어.

아무튼
다들 화이팅.

오늘도
열심히 해
보자구요.

과장님
오늘 왜 저래요?
기분 좋은 일
있나...

그치, 근데
오늘 뿐만이 아니라
얼마 전에
정화 씨한테
들은 건데...

만지작..

그 와중에 루다와 강 대리는 폭풍 진도.

술 취해서는 말하고 싶지 않다.

내 기프티콘이 저리로 갔군.

←짠 거 먹고 울어서 부은 얼굴

그래, 잘 써라. 이번엔 돌려 달라고 안 할 테니까.

그... 그나저나

이제 곧이지 않나?!

열차
사고!!!

열차
사고의 날이
다가온다!!!

젠장,
또 사고가
일어나진
않겠지...

이젠
타임리프도
없는데...

괜찮아.

이 주임 말처럼
내가 함께 가서
저 두 사람을
도와주면...

라고...

그땐
생각했었다...

죽어도 좋아3

17화

으윽, 배야...

생리통

엉?

이거 누가 놔 뒀어?

초코렛이 두 개나...

저희 아닌데요?

혹시 강 대리님 아니에요? 아까 저한테 이 주임님 어디 아픈 거 아니냐고 물어보시더라고요.

응, 잘 먹었어? 빨강은 내가 둔 거 맞는데 파랑은 잘 모르겠네?

열차사고
끝날 때까지만
지켜볼 거야.

에엥?
오빠 말고 줄
사람이 또
있나?

딱
그때까지만
...

이번에야말로...
아무도 사고에
휘말리지
않는다..

도와주는
사람이 있으면
분명 탈출도
빠르겠지...

그동안
상황 변화가
거의 없었기
때문에

백 과장이
간과한 부분이
있다.

과거가 바뀌면
미래도
바뀐다는 것!

헉헉,
금참다래역
...

이 주임이랑
강 대리가 올 때까지
여기서 기다리면
되는 거겠지...

시간대는
저녁이었던 것
같으니까...

꺄악!!!

아,
과장님?

야! 이 주임!
너 왜 안 왔어?!
지금 어디야?!

빠,
빨리 전화 받아,
이 주임!!

네???

지하철
말이야!
금참다래역
안 오냐고!!!

무슨 소리에요.
술 드셨어요?

아무튼
빨리 와!!!

위험하다고!!
곧 사고가 난단
말이야!!

저기요!!
일어나서
손이라도 좀
뻗어 봐요!!!

너무
취해서 몸을
못 가누는 것 같아요.
제가 사람을
불러올게요.

제, 젠장...

강 대리든
누구든 내려가서
끌어 올려 주면
위에서 끌어당기면
되는데...

제...젠장,
어쩌지 어쩌지...
어떡하면
좋아...!!

이 주임
빨리...!!

잠깐...

누구든...
끌어 올린다
...

만약
내가 끌어
올리고

학생이
당겨
준다면...?

큭...!

머리가
복잡해진
백 과장.

젠장!!

아저씨!!!

하지만 정신이
오락가락한 와중에도
희미한 확신이
있었는데...

타임리프가
나쁘지 않은
사람으로
만들기 위해
죽인 거라면...

학생!!
내가 아래서
들어 올릴 테니
이 사람 좀
잡아 줘!!!

적어도
좋은 일을
하는 순간만큼은

자신을 해하지
않을 거라는
확신!!

으랴아아아앗!!!

성공했다!!

이제 됐어!
나만
올라가면!!

아저씨,
제 손 잡으세요!!

힘을 다 써서... 못 올라가겠어 ...!!

단이 이렇게 높다니!!

저질 체력

게다가 긴장한 탓인가... 난데없이 다리에 쥐가....

아저씨!!! 반대편으로라도 가세요!!!

아님 선로 옆 공간...!!!

다리가 풀려서... 전혀 못 움직이겠어 ...

어떡하지!! 무서워!!!

끝이다!!

난 이제 끝이야!!!

어쩐지... 작품명이
죽어도 좋아♡였던 이유는
결국 내가 죽어도 좋다는?

내 죽음으로 마침내
완성되는 뜻이었나...

어흐흑...

백 과장님...

취객의 목숨을 구한 의인 백 과장
세상을 뜨다!!

평소에
백 과장이란
사람은 어떤
사람이었나요.

어째서인지
상중 인터뷰

이렇게
가셨는데
좋은 말만
해 드려...

절레절레

네?

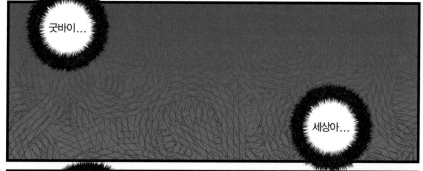

전철이 왜 이리 안 오지...

죽는 순간 감각이 변해서 슬로우 모션으로 느껴진다는 뭐 그런 건가...

아무렴 그렇겠지... 어련히 들어오겠거니...

예쁘게 죽는 데나 집중하자.

큰 훼손 없이 아름다운 자세로 죽을 수 있기를...!!

다시 굿바이, 세상아!!!

...저씨...!!

아저씨!!

일어나세요!!!

우리라고...
했다...

찌잉

(미생 패러디)

소곤소곤

사실은 어제
백 과장님이
지하철에서...

허...

대단하구만....

정말
대단한
일이야.

살아서...

평가받는다...

루다 사망 3일 후 장례식이 열렸던 날.

죽어도 좋아
현정 작가님의 싸인회

취소된 현정의 사인회도 다시 열렸다.

안녕하세요, 와 주셔서 감사합니다.

성함 적을 수 있게 이름표 좀 보여주시겠어요?

저기...

타임리프가 약속을 지켰으니

백 과장 역시 약속을 지킨다.

무슨
일이에요?

용건만
말하고 가 주세요.
솔직히 과장님
얼굴 더 보고 싶지
않으니까.

역시...
있었던 일을
전혀 기억하지
못하는군....

부끄러워서
루다한테도 따로
알리지 않은 사인회인데
백 과장이 올 줄은...
기분 나빠...

고마웠어...

네?

다 네
덕분이야...
그동안 정말
고마웠어!

...
고마워요?

소설 정말 재밌게 읽었어. 정말 빛나는 재능을 가지고 있더라.

고맙다는 건... 이런 이야기를 들려줘서 고맙다는 뜻이었어.

뭐...뭐예요, 갑자기!

뒷내용 정말 궁금하더라...

있지... 혹시 지금 생각해 둔 결말 있어?

아... 아뇨, 아직... 마땅한 결말은 못 정했어요.

그럼 내가 상상해 본 뒷얘기 한번 들어볼래?

괜찮으면 아이디어로 써 줘...

바보같은 이야기일 수도 있는데,...

후일담

반도의 평범한 마감을 끝낸 만화가

쌀쌀한데 뭐 덮을 만한 게...

죽어도 좋아3

19화

시선이
바뀌니

톨날가떤 캬라멜
마끼아또 머꼬시포욤,
구고랑 어빠가
뎌아하는 쪼꼬끼
머글까욤?

보이지
않던 것들이
보인다.

꺄!
최 대리님.
저희 작화가
왜 이러죠?!

이걸
보느니 내가
그냥
죽지 죽어...

그리는
사람 손이
오그라들어서
그래!!

그러고 보니
오늘...내가
이 주임이랑 사귄다고
생각했던 날
아니었나...

그렇다.
원래 오늘은
백 과장 혼자만의
1일이었던 날.

이따위 걸 보려고
시신경을 써야 한다면
시각을 포기한다!!!

루다를 놓는다고
결심한 백 과장이었지만
쉽지 않았다.

코끼리를 생각하지
말라고 하면 코끼리를
생각하게 되는 것처럼...

루다를
생각하지 않으려고
할수록 루다가
생각난다...

으어어

생각은 쉽게
억누를 수 없고...
좋아하는 누군가를
단념한다는 건
어렵다.

와, 오빠!
이거 봐!
기사 떴어,
기사!

금참다래역
선로에 떨어진
취객 구출한
용감한 시민...

앗, 정말이네.
이거 백 과장님
맞지?

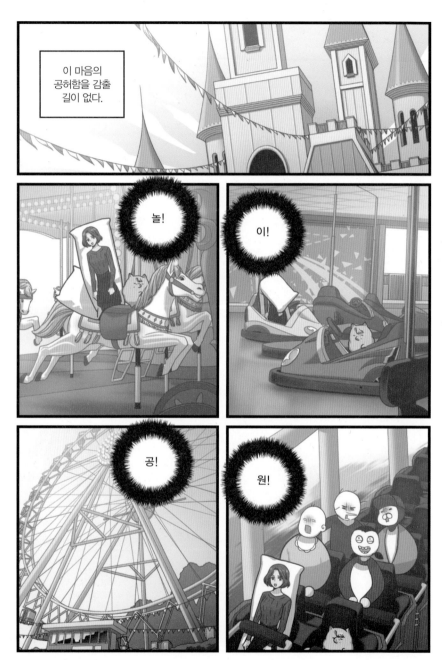

지금쯤
이 주임은 데이트를
마치고 서로 결혼에
대한 얘길 하고
있겠지...

결혼한다면
오빠같은...
루다같은
사람과...

뭐 이런
대화들...

이 주임과
보내기 위해
시간을 하루
되돌렸을 땐

내가
이렇게 외로운
시간여행자가
되리라곤 생각
못했는데...

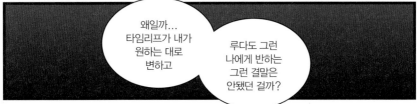

왜일까...
타임리프가 내가
원하는 대로
변하고

루다도 그런
나에게 반하는
그런 결말은
안됐던 걸까?

변한 남자가
사랑도 얻는
그런 결말...

까악!! 외모와
인성을 두루
갖춘 백 과장님!
미칠듯이 사랑해!!

사실 그동안
착한 척을 한 건
널 어떻게 해 보려고
그런거라고!

꺅! 못생긴 게
마음까지 추한
남자였다니!

백 과장
베리카인드
굿맨 펀치!!

흑막
강 대리.

으윽, 당했다!

백 과장님...

다치진 않았나,
꼬마 아가씨?

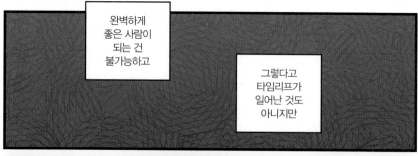

완벽하게
좋은 사람이
되는 건
불가능하고

그렇다고
타임리프가
일어난 것도
아니지만

백 과장이
낙담하고
의기소침해지기엔
충분했다.

이게 뭐지...
나, 사실 전혀
달라지지
않은 거 아냐?

노력한다고
그에 상응하는
보상이 있는 것도
아니고...

이 주임이랑
결국 이어지지도
못하고...
로또도 잃고...

시간이 지나면
미래를 알지도 못하고...
내가 타임리프를 겪은 건
아무도 모르겠지...

외로운 기억만
홀로 간직한 쓸쓸한
중년이 되는 거잖아.

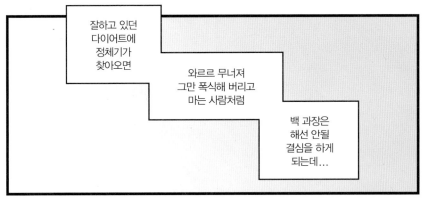

잘하고 있던
다이어트에
정체기가
찾아오면

와르르 무너져
그만 폭식해 버리고
마는 사람처럼

백 과장은
해선 안될
결심을 하게
되는데...

이대로
끝날 순 없어...
이대로는
억울하다고.

결심했다.
미친 사람처럼
보이더라도
이 주임한테
타임리프에 대해서
말하고...

내 감정도
전할 거야.
아직 늦지
않았어.

지금
둘은 겨우
결혼에 대한
생각만 나눈
상태고...

저도 과장님한테 알려드릴 거 있는데 미리 말씀드려도 될까요?

엇, 응?

아, 되게 갑작스러울지도 모르겠는데요.

저 결혼해요, 백 과장님.

뭐?!
왜 그렇게 빨리?!?!
원래 시간과
다르잖아?!?!

네? 아아...
좀 짧게 만나긴
했는데...
일단 상대는...

백 과장의 방해가
없어서 더욱 빨리
결실을 맺은 두 명.

알아!!
다 안다고!!!

더 이상 듣고 싶지
않으니까 내 말 들어!!!
잘 들어, 이루다!!

난 사실
널 좋아해!!!

...라고

차마 말할 수
없었다.

강 대리님
이에요.

놀라셨죠?

루다의 표정이
너무나도 행복해
보였기 때문에.

으흑...
으흑....
으흐흑...

과...과장님?

나 밉지 않아?

네, 밉지 않아요.

세상 어딘가에 날 좋아해 줄 사람도 있을까?

그럼요, 물론이죠.

찾다 보면 분명, 서로 사랑할 단 한 명의 짝,

운명의 그 사람이 분명 나타날 거예요.

달라졌다.

과거가 달라지고 미래가 달라졌다.

네가
나를 바라보는
눈동자가 달라졌다.

나를
경멸하던 시선이
사라졌다.

그건 아마도
네 눈동자에
비치는

내 모습이
달라졌기
때문이겠지.

자,
제 손 잡고
일어나세요.

나는...

잘하고
있었던
것이다.

더 이상
고백하지
말아야겠어.

이번엔 꼭 결혼
축하한다고
해줘야지.

이 주임의
불행한
표정은

더 이상 보고
싶지 않아.

꿈에서 깨자
타임리프의
저주가
풀린 듯이

고백하지 않은
현실의 아침이
밝아왔다.

다행이다...

그리고 자신의
선택이 얼마나 옳았는지
다시 한 번 깨닫는다.

루다가
어떻게든
지키려고
한 하루들.

루다가
만든 소중한
추억들을 한 번
망가뜨렸으니까.

타임리프는
기회를
준 것이다.

자신을
바꿀 기회뿐만
아니라 루다를
행복하게 만들
기회까지.

백 과장은
고독한 시간여행자로
남는 길을 선택했다.

난
잘하고
있어...

이 주임의
얼굴에서
확신을
얻었다.

과장님, 식사 안 하세요?

어, 잠깐 이것 좀 보고 가려고.

응?

자유 익명 게시판

제목   [나이차 연애글] 사람을 찾고 있습니다.

안녕하세요. 스무 살 중반 학생입니다. 학교 졸업은 아직이구요.
제가 전에 선로에 떨어진 취객을 발견했는데요.
무서워서 어쩌지도 못하고 우왕좌왕하고 있는 와중에
어떤 멋진 중년 신사가 나타나 직접 몸을 던져서 사람을 구하시더라구요.
진짜 너무 멋있었어요. 그땐 정신이 없어서 연락처나 신상을 묻지도 못했는데
그분은 사람만 구하고 바로 사라지셨답니다.
용감한 시민상 받아서 기사도 떴는데 계속 그 사진만 보고 있네요.
요즘 밤에 잠이 안 와요. 어떻게 잘 될 가능성 없는 거겠죠?
멋지신데다가 나이가 있으니 가정이 있는 분이겠죠?
포기라도 하게 독한 리플 달아주세요ㅠ.ㅠ

익명1 ::: 네, 그런 분을 솔로로 둘 만큼 국민들은 바보가 아닙니다. 짝이 있는 분일 테니 포기하시길...

익명2 ::: 솔로여도 나이 차...ㄷㄷ 만나서 잘된다고 해도 어떻게 감당하시려고. 부모님이 뭐라고 생각하시겠어요.

익명3 ::: 제가 원래 이런 데 리플 안 쓰는데 사랑에 나이가 무슨 상관입니까.
저희 어머니, 아버지도 나이차 있는 결혼이신데 아직도 잘 살고 계시거든요?

무서웡~~

그때

그 학생...

풋!!

이 아가씨가
미쳤나!!!
나랑 나이 차가
얼만데!!!

부모님이 알면
뭐라고 하시겠어!!
얼마나 속상
하시겠냐고!!

그러고 보니...
이 주임이랑
내 나이 차는
어느 정도더라...

내가
스무 살때
아마...

루다
마마&파파

응애에요.

잡았다,
요놈!!

포돌이 2.0

그래,
이 주임 말처럼
서로 좋아
죽는 게
아니면...

이 나이에
무슨 주책이냐...
나 싫다는 여자애나
따라다니고...

이유야
어찌 됐든...

나같은 사람을
좋아해줘서
고마워요.

이건 꼭
나 자신한테
하는 말
같네.

익명7::: 좋은 사람 만나시길.

화이팅.

죽어도 좋아3

······························

21화

뭐? 결혼 후에 한 명이 회사를 관두고 애는 둘 정도 낳아서 키우고 싶다고?

화이팅...

이왕 그렇게 결심한 거 나니아로 이민을 가 보는 것 어떠니.

만화가의 불가능한 연재 계획을 들은 담당자의 표정

그... 그렇게 힘든가요.

워킹맘 상담 절망편

그나저나 머리 많이 길렀네?

화제 전환...

그쵸, 결혼 당일날 묶으면 모양 이쁘게 나올 것 같아요.

루다의 결혼식이 다가온다.

크게는 아니지만

백 과장님, 여기에요!

백 과장 주변도 조금씩 바뀌고 있다.

백 과장님, 단톡방 들어 오실래요?

단톡방?

예전처럼 사원들이 피하거나 불편해 하지 않는다.

들어가도 되는 거야?

네, 이제 곧 결혼식이고 식장 위치도 알아야 하니까 모바일 청첩장도 다시 공유하고요.

과장님도 결혼식 가실 거죠?

어... 응.

결혼식은 안 가고 그냥 축의금만 전달하고 적당히 빠져야지.

타임리프는
그 후로도
전혀 일어나지
않았다.

아,
현정이 신간
나왔네.

결말에
내 얘기 많이
참고했으려나.

결혼식 날은
집에서 이거나
읽으면서 시간
보내야겠다.

경제/ㅅ

돌아간 시간이
모두 흘렀기 때문에
난 더 이상 미래를
알지 못한다.

당일

랄랄라~

흠흠흠~

이젠
나도 혼자서
매듭 묶기도
자신 있다고?
셀프감금
완료!

이제
소설 속 결말이
어떻게 났나
확인해
보실까.

역시 내가 알려준 전개... 비슷해...

아닛. 소설 속 상사도 주인공에게 고백하려고 하잖아.

이건 알려준 적 없는데!!

고백을 받고 거절하는 도중에 몸싸움이 생겼고

밀쳐진 상사는 계단 밑으로 떨어진다.

상사의 죽음으로 마무리.

그래도 고백은 했으니... 죽어도 좋아...♡

이게 뭐야!!!

어설픈 개과천선 개나 주라지!!

파격적인 결말로 평단의 호불호가 갈리고 있다.

세상에 내가 악당이었다니...

고백 안 하길 정말 잘했다!!

바보같이...
축하해 주는
것만이라면
악당이라도
괜찮잖아!

가장
축하받고
싶을 순간에
축하할 수
있었는데!!

과장님?
안 오시는 줄
알았는데?

헉헉,
이 주임이랑
강 대리는?

본식은
한참 전에
끝났고요.

아까
피로연 때
인사 도는 거
잠깐 봤는데.

폐백 하고
있으려나?
끝났을 것
같기도 하고...

아무튼
지금 찾기는
좀 힘드실 것
같아요.

젠장!!
너무
늦었어!!

이 주임...

지금은
전화를
받을 수 없어
...

...삐
소리 후에는
통화료가
부과됩니다.

결혼
축하해.

이 말을
꼭 전하고 싶었어.
늦어서 미안해.

강 대리가
진심을 숨기거나
변하면 데려와.
두들겨 패줄
테니까!!

그래도...
시간이 전부
되돌아가도 네가
또다시 선택한 사람이니까
함께 행복하길 빈다.

넌 전혀
기억하지 못하겠지만
지금 이 시간은...

네가 정말로
지키고 싶어했던
소중한 하루하루가
모여서 만들어진
결과물이야.

소중히
대해 줘.

나도 이번은
네 소중한
시간들을...

지키려고
노력했으니까!!

네...
과장님께 두들겨
맞지 않도록...
진심을 숨기거나
변하지
않겠습니다.

저도...
제가 정말로
지키고 싶어했던
소중한 하루하루를
소중히 대하도록
하겠습니다.

어... 응...
결혼
축하하고...

네,
감사합니다.
회사에서
뵈어요.

부끄러!!
죽어도
좋아!!!

뭔가
루다 아버님을
두 번 뵌 느낌이야.
정말 회사 사람들을
아끼신다.

안 오실 줄
알았는데...

요즘따라
부쩍 백 과장님
감성적으로
느껴져.

요새
창작에 뜻이
있으신가 봐.

신부 대기실에서 현정이가 그러는데 얼마 전에 백 과장님이 따로 찾아와서

현정이 소설 결말을 생각해 봤다면서 아이디어를 주고 갔대.

게다가 현정이 백 과장님 때문에 안 좋게 퇴사해서 저분을 엄청 싫어했거든.

근데 꽃다발까지 사 들고 와서 정중하게 사과도 하시고...

퇴사한 직원한테 그러기도 힘든 일인데...

그러게. 무슨 일이 있었던 건지는 몰라도...

정말 신기하지?

뭐가 백 과장님을 저렇게 바꾼 걸까?

생각정거장

생각정거장은 매경출판의 새로운 브랜드입니다. 세상의 수많은 생각들이 교차하는 공간이자 저자와 독자가 만나 지식의 여행을 시작하는 곳입니다. 그 여정의 충실한 길잡이가 되어드리겠습니다.

죽어도 좋아 3권

초판 1쇄 2018년 10월 26일

지은이 골드키위새
펴낸이 전호림
책임편집 여인영
마케팅 박종욱 김혜원
영업 황기철

펴낸곳 매경출판㈜
등록 2003년 4월 24일(No. 2-3759)
주소 (04557) 서울시 중구 충무로 2(필동1가) 매일경제 별관 2층 매경출판㈜
홈페이지 www.mkbook.co.kr
전화 02)2000-2634(기획편집) 02)2000-2645(마케팅) 02)2000-2606(구입 문의)
팩스 02)2000-2609 **이메일** publish@mk.co.kr
인쇄 · 제본 ㈜M-print 031)8071-0961
ISBN 979-11-5542-886-3 (04810)
ISBN 979-11-5542-356-1 (SET)

이 도서의 국립중앙도서관 출판예정도서목록(CIP)은 서지정보유통지원시스템 홈페이지(http://seoji.nl.go.kr)와 국가자료공동목록시스템(http://www.nl.go.kr/kolisnet)에서 이용하실 수 있습니다.
(CIP제어번호:CIP2018032434)